SORTEZ DE MON LIVRE !

Le texte de ce livre est composé avec les polices de caractères Figural Book et Tree Persimmon.

Conception graphique de Stewart Yule, Darkroom Door.

Catalogage avant publication de Bibliothèque et Archives Canada

Bland, Nick, 1973-
Sortez de mon livre! / Nick Bland ; texte français d'Hélène Pilotto.

Traduction de: The wrong book.
ISBN 978-0-545-98036-4

I. Pilotto, Hélène II. Titre.

PZ23.B5647So 2009 j823'.92 C2009-905484-1

Édition publiée par les Éditions Scholastic, 604, rue King Ouest, Toronto (Ontario) M5V 1E1, avec l'autorisation de Scholastic Australia Pty Limited.

5 4 3 2 1 Imprimé en Malaisie 10 11 12 13 14

Nick Bland

Texte français d'Hélène Pilotto

Éditions
SCHOLASTIC

Je m'appelle Nicolas Vabo
et ce livre parle…

d'un

éléphant?

Une petite minute,
ce livre ne parle pas d'un éléphant!

Allez, va-t'en!

Sors de mon livre!

Je m'appelle Nicolas Vabo
et ce livre parle…

de

monstres?

Qu'est-ce que vous faites là?
Ce livre ne parle pas de monstres!

Allez-vous-en!

Sortez de mon **livre!**

Je m'appelle Nicolas Vabo
et ce livre parle...

d'un

pirate?

Excuse-moi, mais ceci n'est pas un livre sur les pirates!

Allez, va-t'en!

Sors de mon **livre**!

Je m'appelle Nicolas Vabo
et ce livre parle…

d'une

reine?

NON, ce livre n'a absolument PAS
besoin d'une reine.
Allez-vous-en!
Sortez de mon livre!

Je m'appelle Nicolas Vabo
et ce livre parle…

de

rats?

Je **déteste** les rats!
Allez-vous-en!
Sortez de mon **livre**!

Je m'appelle Nicolas Vabo
et ce livre parle…

d'une

marionnette?

Pour la dernière fois : ALLEZ-VOUS-EN!

Ce livre ne parle ni d'éléphants, ni de monstres, ni de pirates,
ni de reines, ni de rats, ni de marionnettes!

Je m'appelle Nicolas Vabo
et ce livre parle...

... de moi.